Linda Chapman

Sternenschweif

Sommerzauber

1

Laura kaute auf ihrem Stift herum und schaute aus dem Fenster. Auf dem Schulhof blies der Wind sanft durch die Blätter des alten Kastanienbaums. Die Sonne stand hoch am hellblauen Himmel. Es würde wieder ein ziemlich warmer Tag werden. Letztes Jahr war es im Juli nicht so schön gewesen. Laura versuchte sich zu konzentrieren. Sie mussten einen Aufsatz über ihre Ferienpläne verfassen. Doch Laura wusste nicht, worüber sie schreiben sollte. In sechs

Wochen würde sie ein Geschwisterchen bekommen. Ihre Familie würde also nicht wegfahren. Außerdem verbrachte Laura sowieso am liebsten jede freie Minute mit ihrem Pony Sternenschweif. Wie gut, dass morgen die Ferien begannen. Dann hatten sie endlich ganz viel Zeit füreinander. Sie könnten stundenlang miteinander reden oder nachts gemeinsam in den funkelnden Sternenhimmel fliegen.

Ja, ihr Pony war kein gewöhnliches Pony. Mithilfe eines Zauberspruchs konnte Laura es nämlich in ein Einhorn verwandeln! Dabei durfte sie allerdings niemand beobachten, denn nur diejenigen, die selbst ein Einhorn besaßen, durften es in seiner wahren Gestalt erblicken. Deswegen konnten sie auch nur nachts gemeinsam fliegen.

„Laura, bist du schon fertig?", riss sie die Stimme der Lehrerin aus ihren Gedanken.

„Äh, nein, noch nicht", stotterte Laura. Sie starrte angestrengt auf ihr Aufsatzheft. Wenn der letzte Schultag doch nur vorüber wäre. Morgen würde sie ihre Cousine Hannah vom Zug abholen. Sie wollte einen Teil der Ferien bei ihnen verbringen. Ihr letzter Besuch lag schon eine Weile zurück. Damals hatte sich Hannah allerdings anfangs nur für Nagellack und Mädchenmagazine interessiert und nicht im Geringsten für Pferde. Dabei war sie früher eine sehr gute Reiterin gewesen. Dank Sternenschweifs Hilfe hatte sie den Spaß am Reiten aber glücklicherweise wiederentdeckt. Laura hatte damals Birdie für Hannah ausgeliehen. Er war ein ziemlich lebhaftes Pony von Mrs Wakefields Reiterhof. Mrs Wakefield war die Mutter von Lauras Freundin Grace. Hannah und Birdie hatten sich richtig gut verstanden, und morgen früh würde Laura Birdie für Hannah wieder abholen. Sie freute sich schon so auf ihren ersten gemeinsamen Ausritt. Sie könnten ein Picknick am Fluss machen, sich in die Wiese legen und die Pferde grasen lassen oder gemeinsam ein paar Würstchen grillen. Das war's! Sie würde einfach darüber schreiben, was sie alles mit Hannah unternehmen wollte. Laura war froh, endlich ein Thema für ihren Aufsatz gefunden zu haben.

Nun flog ihr Stift nur so übers Papier. Als die Schulglocke läutete, hatte sie vier Seiten vollgeschrieben. Die Lehrerin sammelte die Hefte ein und wünschte allen schöne Ferien. Laura stürmte nach draußen, wo ihre Mutter im Auto auf sie wartete.

„Hallo, mein Schatz", begrüßte sie sie. „Na, wie war der letzte Schultag?"

Laura schlüpfte auf den Rücksitz und verstaute ihre Schultasche neben sich.

„Ich dachte, er nimmt überhaupt kein Ende. Wir mussten auch noch einen Aufsatz über unsere Ferienpläne schreiben."

„Das ist ja interessant“, sagte ihre Mutter schmunzelnd und fuhr los. „Hast du denn irgendwelche anderen Pläne, als jede freie Minute mit Sternenschweif zu verbringen?“

„Nein, habe ich nicht“, erwiderte Laura mit einem Grinsen. „Aber ich freue mich, wenn Hannah morgen kommt. Gleich am Nachmittag will ich mit ihr ausreiten.“

„Jetzt warte erst einmal ab, ob Hannah nicht müde ist“, meinte ihre Mutter. „Sie muss ja für die Reise sehr früh aufstehen.“

„Ach, ich bin sicher, wenn sie Birdie sieht, dann ist sie sofort putzmunter.“

Laura blickte aus dem Fenster. Da vorne kam Mrs Fontanas Buchladen. Hier hatte sie so viele schöne Stunden verbracht. In letzter Zeit war sie allerdings nicht mehr oft dort gewesen. Vor ein paar Monaten war Mrs Fontana nämlich gestorben, und ihre Nichte Catherine hatte den Laden übernommen. Für Laura war Mrs Fontanas Tod ein schwerer Schlag gewesen. Die alte Dame hatte ihr geholfen herauszufinden, dass Sternenschweif ein Einhorn war. Schließlich hatte sie selbst einmal ein Einhorn besessen. Laura hatte immer mit allen Fragen zu ihr kommen können, und Mrs Fontana hatte stets einen guten Rat für sie gehabt. Laura vermisste sie sehr, obwohl sie wusste, dass Mrs Fontana nun von Arkadia aus über sie wachte. Arkadia war das Land, aus dem alle Einhörner kamen und zu dem sie eines Tages auch wieder zurückkehrten.

„Stopp!", rief Laura plötzlich. „Bitte halte kurz beim Buchladen."

Ihre Mutter steuerte die nächste Parklücke an. „Was ist denn?“, fragte sie mit einem Blick in den Rückspiegel.

„Hast du das Schild nicht gesehen?“, fragte Laura aufgeregt. „Da steht, dass der Buchladen zu verkaufen ist.“

Sie stieg aus und ging zum Schaufenster. Auf dem Schild stand: „Wegen Geschäftsaufgabe zu verkaufen. Interessenten bitte unter folgender Telefonnummer melden ...“

Laura starrte auf die Zeilen und konnte es nicht glauben.

„Hast du das gewusst?“, wollte sie von ihrer Mutter wissen.

„Ich habe so etwas gehört, dachte aber nicht, dass es so schnell gehen würde“, erwiderte ihre Mutter ausweichend.

„Warum hast du mir nichts davon gesagt?", rief Laura aufgebracht. „Ich hatte ja keine Ahnung. Ich wusste nur, dass Mrs Fontanas Nichte nach der Übernahme des Ladens einige Schwierigkeiten hatte. Aber ich dachte, dass es dann besser ging."

„Anscheinend nicht", antwortete ihre Mutter traurig. „Ich weiß, ich hätte es dir sagen müssen, aber ich wusste einfach nicht wie."

Laura vergrub die Hände in den Taschen ihrer Shorts und ging zum Auto zurück.

Auf der Heimfahrt war sie ziemlich schweigsam. Ihre Mutter fragte sie dies und das, aber Laura gab nur einsilbige Antworten. Schließlich schwiegen sie. Laura konnte es nicht fassen, dass es den Buchladen nicht mehr gab. So viel Zeit hatte sie dort verbracht und in irgendwelchen Pferdebüchern geschmökert. Dabei hatte ihr Mrs Fontanas Terrier Walter meistens Gesellschaft geleistet. Am Anfang des Jahres, als im Laden immer noch so viel los war, hatte Laura Walter einige Male spazieren geführt. Was würde denn nun mit ihm geschehen? Würde Catherine ihn mitnehmen?

Kaum waren sie daheim angekommen, lief Laura zu Sternenschweif. Er blickte ihr vom Koppelzaun entgegen.

„Können wir zur geheimen Lichtung reiten?", fragte sie ihn. „Ich muss mit dir reden!"

Sternenschweif warf ihr einen erstaunten Blick zu und folgte ihr in den Stall. Dort holte Laura Sattel und Zaumzeug, und kurze Zeit später ritten sie los.

Als sie bei der geheimen Lichtung angekommen waren, sprach Laura den Verwandlungszauber:

Silberstern, Silberstern,
hoch am Himmel, bist so fern.
Funkelst hell und voller Macht,
brichst den Bann noch heute Nacht.
Lass dies Pony grau und klein
endlich doch ein Einhorn sein.

Ein violetter Blitz flammte auf, und Sternenschweif stand als Einhorn vor ihr.

„Was ist passiert?", war seine erste Frage.

„Mrs Fontanas Buchladen wird verkauft", platzte Laura heraus. Sie setzte sich auf ihren Lieblingsbaumstamm und stützte den Kopf in die Hände. „Ich kann es einfach nicht fassen. So oft bin ich dort gewesen. Immer lag dieser besondere Duft nach schwarzen Johannisbeeren in der Luft. Auch bei meinem letzten Besuch hatte ich das Gefühl, Mrs Fontana kommt gleich hinten aus dem Lager."

„Das tut mir leid zu hören", sagte Sternenschweif mitfühlend. Er berührte mit seinen weichen Nüstern sanft ihren Arm. „Wenn der Laden jetzt verkauft wird, ist das dann für dich, als ob ein Teil von ihr noch einmal sterben würde?“, fragte er leise.

Laura nickte. Sie hatte einen dicken Kloß im Hals.

„Du weißt doch, alles ändert sich im Leben“, erwiderte Sternenschweif tröstend. „Nichts bleibt, wie es ist. Dennoch ist Mrs Fontana immer bei uns, weil wir so oft an sie denken. Auch der Buchladen wird nicht verloren sein, weil du viele schöne Erinnerungen an ihn hast. Und die werden bleiben.“

Er blies ihr seinen warmen Atem ins Gesicht und stupste sie mit dem Maul in die Seite.

„Jetzt komm, lass den Kopf nicht hängen. Dazu ist der Tag heute viel zu schön. Die Ferien haben begonnen. Endlich haben wir Zeit für all das, was uns Spaß macht.“

Laura straffte sich und stand auf. „Du hast recht. Ich weiß, dass nichts für immer bleibt, aber trotzdem ist es manchmal schwer." Sie blickte auf die Mondblumen, die wie kleine lila Tupfen über das grüne Gras der Lichtung verteilt waren. „Aber es gibt etwas, das sich nie ändern wird, und da bin ich mir ganz sicher." Sie schlang die Arme um Sternenschweifs Hals. „Ich werde dich immer lieb haben!"

2

Am nächsten Morgen stand Laura früh auf. Sie ritt mit Sternenschweif zu Mrs Wakefields Reitstall, um Birdie abzuholen. Er stand bereits im Hof und wieherte ihnen entgegen. Grace trat aus dem Haus.

„Hallo, Laura", sagte sie. „Ich habe Birdie schon erzählt, dass er übers Wochenende zu euch darf. Ich glaube, er freut sich."

„Hört sich ganz so an", erwiderte Laura. „Ich bringe ihn dann rechtzeitig zur Ponyparty wieder zurück."

„In Ordnung", gab Grace zurück und machte Birdie los. „Puh, bis dahin haben wir wirklich noch einiges zu tun."

„Das kann ich mir gut vorstellen", sagte Laura. „Ich bin schon sehr gespannt, was ihr euch alles einfallen lasst."

„Lauter Sachen, die Spaß machen", versicherte Grace. „Es wird bestimmt lustig. Über dreißig Kinder haben sich angemeldet."

„Dann wird ja einiges los sein." Laura warf einen Blick auf die Uhr. „Ich muss wieder zurück. In zwei Stunden holen wir meine Cousine vom Bahnhof ab, und mein Zimmer ist noch nicht fertig."

Die Mädchen verabschiedeten sich, und Laura ritt mit Sternenschweif und Birdie nach Hause. Dort angekommen, nahm sie beiden Sattel und Zaumzeug ab und ließ sie auf der Koppel grasen.

Anschließend stellte sie mit ihrer Mutter ein Gästebett in ihrem Zimmer auf, denn Laura und Hannah wollten unbedingt zusammen schlafen. Als alles so weit vorbereitet war, lief Laura noch schnell nach draußen, um für Hannah einen bunten Wiesenstrauß zu pflücken.

Schließlich machte sie sich mit ihrer Mutter auf den Weg zum Bahnhof. Bereits kurze Zeit später fuhr die Regionalbahn mit lautem Quietschen ein. Laura reckte den Kopf, um die aussteigenden Fahrgäste im Blick zu haben. Da entdeckte sie Hannah.

„Hannah, hier sind wir!", rief Laura und winkte mit beiden Armen.

Hannah sah sie und winkte zurück. Laura

lief ihr entgegen, und die beiden Mädchen umarmten sich herzlich.

„Toll, dass du da bist!", freute sich Laura.

„Ja, das finde ich auch", erwiderte Hannah strahlend.

„Und ich erst!", schaltete sich Mrs Foster ein und drückte ihre Nichte an sich. „Hat alles gut geklappt?", fragte sie und warf

Hannah einen prüfenden Blick zu. Hannah nickte lächelnd.

„Wahrscheinlich bist du jetzt ziemlich erschöpft", fuhr Mrs Foster fort. „Zu Hause wartet eine kleine Stärkung auf dich. Sahnetorte mit Kirschen."

„Das klingt toll", freute sich Hannah.

„Also, worauf warten wir noch?", fragte Mrs Foster und hakte sich bei den beiden Mädchen ein.

Kaum waren sie zu Hause angekommen, kam ihnen Buddy aus dem Haus entgegengerannt. Er sprang an Hannah hoch und versuchte, ihr übers Gesicht zu lecken.

Lauras Bruder Max kam hinterhergelaufen. „Buddy, sitz", befahl er seinem ungestümen Berner Sennenhund. Und Buddy setzte sich tatsächlich hin.

„Brav!", lobte Hannah und streichelte ihn. „Er folgt ja jetzt richtig gut", meinte sie zu Max gewandt.

„Na ja, manchmal wenigstens", sagte Max grinsend. „Bis das Baby kommt, müssen wir allerdings noch ein bisschen üben."

Als Hannah ihre Tasche ins Haus brachte, war Mrs Foster bereits dabei, den Kuchen in der Küche aufzuschneiden.

„Hannah, willst du nicht kurz daheim anrufen, dass du gut angekommen bist?", fragte sie. „Sonst machen sich deine Eltern Sorgen."

„Ja, klar, das habe ich sowieso versprochen", entgegnete Hannah und nahm den Telefonhörer ab. Sie drückte eine Taste und lauschte. Dann drückte sie noch einmal.

„Tante Alice, stimmt etwas mit dem Telefon nicht?", fragte sie. „Ich höre gar kein Freizeichen."

In diesem Moment kam Lauras Vater zur Tür herein.

„Hallo, Hannah", begrüßte er sie. „Wie schön, dass du da bist." Er nahm Hannah kurz in den Arm und drückte sie an sich. „Versuchst du etwa zu telefonieren? Da wirst du leider kein Glück haben. Ich habe vorhin in der Stadt erfahren, dass ein großer Sendemast ausgefallen ist. Deswegen sind alle Telefone hier in der Gegend lahmgelegt. Auch Handys funktionieren nicht. Ich habe mich im Laden der Telefongesellschaft erkundigt, wann der Schaden repariert sein wird. Der Mitarbeiter hat gemeint, dass es wohl zwei bis drei Tage dauern kann."

„Na, das ist ja großartig", stellte Mrs Foster fest. „Hoffentlich klappt es schneller. Zwei bis drei Tage sind ja ganz schön lang." Sie verteilte die Teller auf den Tisch. „Kommt, jetzt lassen wir uns erst einmal den Kuchen schmecken."

Sie setzten sich alle um den Küchentisch, und Hannah erzählte von ihrer Reise, was sie in der Schule alles erlebt hatte und wie es ihr im Reitstall gefiel.

„Ich bin so froh, dass ich wieder reite", sagte sie zu Laura gewandt. „Jetzt habe ich einmal in der Woche Unterricht, und dann helfe ich noch einen Nachmittag, die Schulpferde zu versorgen. Die Leute dort sind

alle sehr nett. Wir haben schon tolle Ausritte miteinander unternommen."

„Und genau das werden wir hier auch machen", erwiderte Laura und klatschte vor Freude in die Hände. „Ich habe Birdie heute geholt. Er wartet auf dich auf der Koppel."

„Das ist ja toll, vielen Dank!", rief Hannah. „Meinst du, er erkennt mich wieder?"

„Da bin ich ganz sicher", erwiderte Laura.

„Ihr beide könnt es wohl kaum mehr erwarten, zu euren geliebten Ponys zu kommen", stellte Mrs Foster mit einem belustigten Blick fest. „Dann lasst euch nicht aufhalten. Aber kommt nicht zu spät zum Abendessen."

Die beiden Mädchen stürmten nach draußen. Als Birdie Hannah kommen sah, tänzelte er aufgeregt umher und wieherte laut.

„Siehst du, ich habe dir doch gesagt, dass er dich wiedererkennt", erklärte Laura. Hannah umarmte Birdie und streichelte seinen Hals.

Dann striegelten die Mädchen gemeinsam die Ponys, und kurz darauf ritten sie los. Die Sonne strahlte und brach sich durch die Zweige der Bäume im Wald. Überall zwitscherten Vögel, und einmal sprangen sogar ein paar Rehe vor ihnen über den Weg.

„Es ist wunderschön hier", stellte Hannah fest. „Alles ist so friedlich. Es kommt einem fast ein bisschen unwirklich vor. Als ob man in einer anderen Welt wäre."

„Ja, das stimmt", erwiderte Laura. „Deswegen sind Sternenschweif und ich auch so gerne hier."

Laura zeigte Hannah einige Wege, die sie erst vor Kurzem entdeckt hatte. Dann ritten sie zu der großen Lichtung mit den steilen Hügeln, die Hannah noch von ihrem letzten Besuch her kannte. Sie galoppierten die Hänge hinauf und hinunter, aber irgendwie schien Hannah nicht richtig bei der Sache zu sein. Laura sah ein paarmal, wie sie vor sich hinstarrte. Einige Male hatte sie auch gar nicht gehört, wenn Laura sie etwas gefragt hatte.

„Ist alles in Ordnung?", fragte Laura. Doch Hannah machte nur eine abwehrende Handbewegung. Laura beschloss, ihr etwas Zeit zu lassen. Wenn der richtige Moment gekommen war, würde Hannah bestimmt mit ihr darüber reden, was sie beschäftigte.

„Ich glaube, wir müssen langsam nach Hause", bemerkte Laura schließlich mit einem Blick auf die Uhr. Die Mädchen sprachen nicht viel auf dem Heimweg und genossen die Ruhe des Waldes.

Daheim versorgten sie gemeinsam die beiden Ponys und gingen dann ins Haus.

„Na, wie war euer erster Ausritt?", erkundigte sich Mrs Foster, als sie die Küche betraten.

„Großartig!", erwiderte Hannah. „Es hat wirklich Spaß gemacht mit Birdie. Er ist ein tolles Pferd."

„Das freut mich zu hören", erwiderte Mrs Foster und schaute auf die Küchenuhr. „Ich habe einen Nudelauflauf im Ofen. Er braucht allerdings noch ein paar Minuten. Wir können uns so lange ins Wohnzimmer setzen, und ihr erzählt mir, wo ihr überall wart."

„Ihr könnt ja schon mal vorgehen", schlug Laura vor. „Ich hole uns was zu trinken."

„Gute Idee", sagte Hannah und ging mit Lauras Mutter ins Wohnzimmer. Als Laura mit den Gläsern hinterherkam, saßen die beiden auf dem Sofa. Hannah hatte die Beine angezogen, und Lauras Mutter hatte einen Arm um sie gelegt. Sie schauten gemeinsam ein Fotoalbum an. Als Laura sie so dasitzen sah, spürte sie einen kleinen Stich in der Brust. Normalerweise nahm ihre Mutter nur sie so in den Arm.

„Sieh mal, Hannah", sagte Mrs Foster gerade und deutete auf ein Foto. „Das war

als du noch ganz klein warst. Wir haben euch damals gleich nach deiner Geburt besucht. Da war Laura noch gar nicht geboren.“ Gedankenverloren strich sie Hannah eine Haarsträhne aus dem Gesicht. Laura spürte, wie sie wütend wurde.

„Hier, deine Limonade“, sagte sie und streckte Hannah das Glas hin.

„Danke“, erwiderte Hannah, ergriff das Glas und wandte sich sofort wieder dem Fotoalbum zu. Laura stand daneben und fühlte sich irgendwie fehl am Platz. Zum Glück stand ihre Mutter kurz darauf auf, um nach dem Auflauf zu sehen. Laura setzte sich neben Hannah, und sie schauten sich gemeinsam noch ein paar Bilder an. Dann rief ihre Mutter zum Abendessen.

Der Nudelauflauf schmeckte großartig, und es blieb kaum etwas übrig. Zum Nachtisch gab es noch Vanillepudding.

„Puh, so viel habe ich schon lange nicht mehr gegessen", stöhnte Hannah. „Aber ich glaube, unser Ausritt hat mich wirklich hungrig gemacht. Und auch müde." Sie unterdrückte ein Gähnen.

„Dann zeige ich dir jetzt, wo du schläfst", sagte Laura. Sie halfen noch kurz beim Abräumen und gingen dann mit Hannahs Reisetasche nach oben.

„Hier ist dein Bett", erklärte Laura. „Den Blumenstrauß habe ich extra heute Morgen noch für dich gepflückt."

„Das ist aber nett", erwiderte Hannah. Sie nahm ihr Nachthemd und einen kleinen Kulturbeutel aus der Reisetasche. „Ich putze mir dann schnell mal die Zähne."

Als sie wieder aus dem Bad kam, hatte sie ihr Nachthemd bereits angezogen. Rasch schlüpfte sie ins Bett.

„Ich mache mich auch fertig", sagte Laura. „Und dann können wir noch gemütlich reden."

„Hmmh", murmelte Hannah und kuschelte sich in ihr Kissen. Doch als Laura aus dem Bad kam, war Hannah schon tief und fest eingeschlafen war. Enttäuscht löschte Laura das Licht.

3

Als Laura am nächsten Morgen erwachte, war das Bett neben ihr leer. Es war noch ziemlich früh. Laura ging rasch ins Badezimmer, zog sich an und lief nach unten. Als sie in die Küche kam, saß Hannah dort mit Lauras Mutter vor einer Tasse Tee. Mrs Foster hatte ihre Hand auf Hannahs Arm gelegt und sprach mit gesenkter Stimme. Sie verstummte jedoch sofort, als sie Laura sah.

„Guten Morgen, mein Schatz", begrüßte sie sie. „Hast du gut geschlafen?"

„Ja, sehr gut", bestätigte Laura. „Wohl sogar besser als du", sagte sie zu Hannah gewandt. „Du warst vor mir auf, obwohl du so müde warst."

„Ja, ich bin früh aufgewacht", erwiderte Hannah. „Irgendwie habe ich schlecht geträumt."

Mrs Foster warf ihr einen mitfühlenden Blick zu.

„Ich glaube, es ist Zeit für ein richtiges Sonntagsfrühstück", sagte sie. „Warum versorgt ihr nicht kurz die Pferde? Und ich mache in der Zwischenzeit eine große Portion Rühreier für alle."

„Das ist eine sehr gute Idee", bemerkte Lauras Vater, der gerade in die Küche kam. „Genau die richtige Stärkung vor meiner Reise."

„Es ist wirklich schade, dass du gehen musst“, stellte Hannah fest.

„Vor allem, wo ich doch morgen an der Ponyparty teilnehme“, fügte Laura hinzu.

„Das tut mir auch leid, aber es ließ sich nun mal nicht anders regeln“, entgegnete ihr Vater. „Die Gespräche mit den Firmen wegen der Getreidepreise für die kommende Ernte gehen leider vor.“

Laura seufzte.

„Jetzt komm“, sagte ihr Vater und legte einen Arm um sie. „Am Samstag bin ich doch schon wieder da. Und ich wette, Hannah und du werdet sowieso die ganze Zeit mit den Pferden unterwegs sein.“

„Jetzt bringen wir ihnen auf jeden Fall erst einmal ihr Fressen“, erwiderte Laura.

Als die Mädchen wieder ins Haus zurückkamen, stand bereits eine große Platte mit dampfenden Rühreiern auf dem Tisch. Sie ließen es sich alle schmecken, und Hannah bekam das letzte Stückchen Kuchen vom Vortag. Laura war ein bisschen eifersüchtig, dass ihre Mutter sie gar nicht gefragt hatte. Aber dann sagte sie sich, dass es nur ein Stück Kuchen war.

Nach dem Frühstück brachte Mr Foster seine große Reisetasche zum Auto. Er verabschiedete sich von allen, während Buddy laut bellend um sie herumsprang.

„Buddy würde wohl am liebsten mit dir mitkommen“, bemerkte Max.

„Da würde er sich schön langweilen“, erwiderte Mr Foster. Er drückte Laura noch einmal fest an sich. „Pass gut auf deine Mutter auf, während ich weg bin“, flüsterte er ihr ins Ohr. „Du weißt ja, sie soll sich schonen."

„Ich werde mein Bestes geben", versprach Laura.

Etwas bedrückt blickte sie dem davonfahrenden Auto hinterher. Da wieherte Sternenschweif von der Koppel.

„Ich glaube, hier freut sich schon jemand auf den nächsten Ausritt", bemerkte ihre Mutter mit einem Schmunzeln.

„Genau wie wir", erwiderte Hannah und hakte sich bei Laura unter. „Komm, lassen wir die beiden nicht länger warten."

Am nächsten Tag brach Laura mit Hannah schon früh auf zur Ponyparty. Ihre Mutter wollte später mit Max im Auto nachkommen. Als sie den Reiterhof erreichten, herrschte dort bereits reger Betrieb. Über die Wiese erstreckte sich ein großer Parcours mit verschiedenen Übungen. Es gab blaue Wassertonnen, in denen Erdbeeren schwammen, die die Reiter herausfischen mussten. Zum Sackhüpfen türmten sich alte Kartoffelsäcke auf dem Boden, und auf einem langen Tisch lagen Löffel und Eier für den Eierritt. Nach und nach erschienen alle Teilnehmer und machten ihre Pferde fertig.

„Willst du wirklich nicht mitmachen?", fragte Laura ihre Cousine. „Ich könnte dich immer noch anmelden."

„Nein danke, ich schaue lieber zu", erwiderte Hannah. Da sahen sie auch schon Mrs Foster und Max kommen. „Wir suchen uns dann mal ein paar Plätze in der ersten Reihe", erklärte Hannah und winkte Laura noch einmal kurz zu. „Viel Glück!"

Kurze Zeit später gab Mrs Wakefield mit der Trillerpfeife das Zeichen zum Start. Laura war in der ersten Gruppe, die sich auf den Weg durch den Parcours machte. Sie hatten fünf Stationen zu durchlaufen, und Laura war überall ziemlich gut. Beim Eierrennen landete sie sogar auf dem ersten Platz. Sie schaffte es als Einzige, bis zur Tanne am Ende der Koppel und wieder zurück zu galoppieren, ohne dass ihr das Ei vom Löffel fiel. Als sie abstieg, war sie erhitzt und strahlte vor Stolz. Sie hielt nach

ihrer Mutter Ausschau und sah sie ins Gespräch mit Hannah vertieft. Mrs Foster nickte ab und zu und hielt Hannahs Hand. Sie hatten überhaupt nicht zugeschaut! Nur Max winkte ihr zu und applaudierte. Laura spürte Wut in sich aufsteigen. Wie kam Hannah dazu, ihre Mutter so in Beschlag zu nehmen? Schließlich waren sie wegen der Ponyparty hier und nicht, um sich zu unterhalten.

Laura ging mit Sternenschweif zu den Zuschauerbänken. „Na, hat es Spaß gemacht?“, fragte ihre Mutter abwesend, als Laura vor ihnen stand.

„Ja, hat es“, erwiderte Laura knapp. „Beim Eierlauf bin ich sogar Erste geworden, falls ihr das überhaupt mitbekommen habt.“

„Natürlich haben wir das“, antwortete ihre Mutter und warf ihr einen erstaunten Blick zu. Dann legte sie einen Arm um Hannah. „Warum gehen wir nicht zur Tombola und schauen, was für Preise es gibt? Soll ich ein paar Lose für dich kaufen?“ Hannah strahlte, und die beiden machten sich auf den Weg. Laura schaute ihnen wütend hinterher.

„Ihr wart spitze", sagte Max, der ihren Blick bemerkte. „Mit Buddy wäre ich beim Eierrennen garantiert Letzter geworden." Doch Laura konnte über diese Bemerkung ihres Bruders nicht lachen. Sie war wirklich sauer.

Auf dem Heimweg schüttete Laura Sternenschweif ihr Herz aus. Hannah fuhr in der Zwischenzeit mit Lauras Mutter und Max im Auto nach Hause.

„Verstehst du das, Sternenschweif?", fragte Laura. „Normalerweise hätte meine Mutter sich doch mit mir gefreut. Und auf alle Fälle hätte sie mir zugeschaut. Aber jetzt scheint sie nur noch Augen für Hannah zu haben. Hannah klebt wie eine Klette an ihr, dauernd tuscheln sie irgendwas zusammen. Mit mir macht sie das nie."

Sternenschweif schnaubte und rieb seinen Kopf an Lauras Bein. Laura wäre am liebsten mit ihm zur geheimen Lichtung geritten, um mit ihm zu reden. Aber ihre Mutter hatte vorgeschlagen, es sich im Garten mit Obstsalat und Vanilleeis gemütlich zu machen.

Als Laura vom Stall Richtung Haus ging, sah sie ihre Mutter und Hannah bereits auf der Gartenbank sitzen. Sie schauten sich gemeinsam ein Modemagazin an.

„Sieh mal, was für ein schönes Strandkleid", rief Hannah gerade entzückt.

Laura stöhnte innerlich. Die neueste Bademode war ihr nun wirklich völlig egal.

Ihre Mutter freute sich sicher, dass Hannah dafür mehr Interesse zeigte.

Laura setzte sich mürrisch auf einen Stuhl.

„Nimm dir doch vom Obstsalat", schlug ihre Mutter vor. „Willst du auch Eis?"

„Ja, gerne ich …"

„Was hältst du von diesen Shorts, Tante Alice?", wurde sie von Hannah unterbrochen. „Meinst du, sie würden mir stehen?"

Laura stürmte ins Haus. Obstsalat und Eis konnten ihr gestohlen bleiben. Sie ging hinauf in ihr Zimmer und warf sich aufs Bett. Die beiden bemerkten sowieso nicht, ob sie dabei war oder nicht. Noch vier Tage bis Hannah abreiste! Laura wäre es am liebsten gewesen, es wäre morgen schon so weit. So hatte sie sich diesen Besuch wirklich nicht vorgestellt.

4

Am nächsten Morgen rief gleich nach dem Frühstück Jessica an. Sie fragte, ob Laura Lust auf einen gemeinsamen Ausritt mit Mel hatte. Laura zögerte kurz wegen Hannah. Aber andererseits kümmerte sie sich ja auch nicht um sie. Also sagte sie zu und machte sich kurz darauf mit Sternenschweif auf den Weg. Sie traf sich mit ihren beiden besten Freundinnen am Feldweg bei der großen Eiche. Gemeinsam ritten sie weiter Richtung Wald.

„Ich hatte vorhin gar nicht daran gedacht, dass Hannah ja gerade zu Besuch ist", sagte Jessica. „Wollte sie nicht mitkommen?"

„Das glaube ich nicht", erwiderte Laura. „Ich habe sie allerdings auch nicht gefragt."

„Warum das denn?", fragte Mel erstaunt.

„Sie will, glaube ich, am liebsten nur mit meiner Mutter zusammen sein. Sie stecken dauernd die Köpfe zusammen und tuscheln irgendwas. Sogar gestern bei der Ponyparty! Als ich den ersten Preis beim Eierrennen gewonnen habe, haben sie nicht einmal hergeschaut. Ich weiß gar nicht, was sie dauernd zu besprechen haben. Wenn sie nicht reden, schauen sie sich gemeinsam irgendwelche Magazine an. Wahrscheinlich gefällt es meiner Mutter, dass Hannah sich für Klamotten und Schnickschnack fürs Haus interessiert, ganz im Gegensatz zu mir."

„Ich kann mir nicht vorstellen, dass das deiner Mutter wichtig ist", wandte Jessica ein.

„Vielleicht freut sie sich einfach, Zeit mit Hannah zu verbringen?", überlegte Mel.

„Ja, das kann schon sein. Ich habe den Eindruck, sie würde gerne noch viel mehr Zeit mit ihr verbringen", erwiderte Laura düster. „Ich bin seit Hannahs Ankunft völlig abgeschrieben. Vielleicht wäre es ihr am liebsten, ich würde am Freitag abreisen und Hannah würde stattdessen dableiben."

„Was redest du denn da für einen Unsinn?", entrüstete sich Mel.

„Also das ist wirklich Quatsch", stellte auch Jessica fest. „Wie kommst du nur auf solche Gedanken? Hannah ist deine Cousine, und ihr seht euch selten, weil ihr so weit auseinander wohnt. Da ist doch nichts dabei, dass deine Mutter gerne Zeit mit ihr verbringt. Aber das ist noch lange kein Grund, eifersüchtig zu sein."

„Ja, nur weil sie sich mit Hannah gut versteht, heißt das doch nicht, dass sie Hannah lieber hat als dich", fügte Mel hinzu.

Laura schwieg. Vielleicht tat sie Hannah und ihrer Mutter wirklich unrecht? Wahrscheinlich machte sie sich unnötig Sorgen und geheimniste viel zu viel in das Verhalten der beiden hinein. Wenn sie wieder daheim war, würde sie Hannah fragen, ob sie nicht mit ihr ins Schwimmbad gehen wollte. Doch jetzt hatte sie keine Lust mehr, ständig über Hannah nachzudenken.

„Was haltet ihr von einem kleinen Galopp?", fragte sie ihre Freundinnen. „Wer als Erster vorne bei der Kurve ist?" Damit beugte sie sich nach vorn, und schon preschte Sternenschweif los.

Der Ausritt hatte Laura gutgetan. Es war herrlich gewesen im Wald, und Lauras Laune war deutlich besser. Sie brachte Sternenschweif frisches Wasser und ein bisschen Heu. Als sie in die Küche kam, waren ihre Mutter und Hannah beim Backen. Sie drehten ihr den Rücken zu und hatten sie anscheinend nicht kommen hören. Beide hatten die Hände voller Teig und lachten, als sie sich die hellgelbe Masse von den Fingern zupften. Laura spürte wieder einen Stich in der Brust. Die beiden schienen wirklich Spaß miteinander zu haben. Sie wirkten so vertraut. Laura konnte sich nicht erinnern, wann sie das letzte Mal mit ihrer Mutter gebacken hatte. Da drehte sich Mrs Foster um und bemerkte Laura.

„Wo warst du denn?“, fragte sie. „Wir haben dich überall gesucht.“

„Ich war mit Jessica und Mel ausreiten“, erklärte Laura. Ihre Mutter warf ihr einen vorwurfsvollen Blick zu. Sie wusch sich schnell die Hände.

„Hilfst du mir kurz, frisches Mehl aus dem Keller zu holen?“, fragte sie.

Laura folgte ihrer Mutter in den Keller. Als sie außer Hörweite waren, stellte Mrs Foster sie zur Rede.

„Was hast du dir nur dabei gedacht, einfach zu gehen? Du hättest wenigstens Bescheid sagen können."

„Jessica hat heute Morgen angerufen und gefragt, ob ich nicht Lust hätte auf einen Ausritt. Da habe ich spontan Ja gesagt."

„Das war nicht sehr nett Hannah gegenüber. Sie wäre sicher gerne mitgekommen", erwiderte ihre Mutter.

„Meinst du wirklich?", fragte Laura schnippisch. „Ich glaube vielmehr, sie verbringt am liebsten jede Minute mit dir. Ob ich da bin oder nicht scheint ihr beiden doch gar nicht zu bemerken."

Damit machte sie auf dem Absatz kehrt und ließ ihre Mutter verdutzt zurück. Sie stürmte durch die Küche und schlug die Tür hinter sich zu. Dann lief sie zur Koppel. Erstaunt blickte Sternenschweif ihr entgegen.

„Ach, Sternenschweif", seufzte Laura und legte ihren Kopf an seine Stirn. „Ich wünschte, Hannah wäre nie gekommen."

In diesem Moment hörte sie eine Tür schlagen. Hannah kam den Weg zur Koppel entlang. Laura drehte ihr den Rücken zu und streichelte Sternenschweif.

„Was ist denn los, Laura? Du kannst deine Mutter doch nicht einfach so stehen lassen", fing Hannah an.

„Ich wüsste nicht, was dich das angeht", zischte Laura zurück. „Schließlich ist sie *meine* Mutter. Da brauchst *du* mir nicht zu sagen, wie ich mich zu verhalten habe."

„Du benimmst dich wirklich unmöglich. Tante Alice macht auf jeden Fall einen ziemlich gekränkten Eindruck."

„Ach ja? Ich wette, du kannst es nicht mehr erwarten, sie zu trösten", erwiderte Laura höhnisch.

„Das ist doch Unsinn. Weißt du eigentlich, wie gut du es hast, dass deine Mutter immer für dich da ist? Wenn du ein Problem hast, dann kannst du jederzeit mit ihr darüber reden und musst nicht warten, bis sie abends von der Arbeit heimkommt.

Weißt du das überhaupt zu schätzen? Deine Mutter hat es auf jeden Fall nicht verdient, so behandelt zu werden."

Nach diesen Worten drehte sich Hannah um und lief ins Haus zurück. Laura blickte ihr verdutzt hinterher.

5

„Was hat sie denn damit gemeint?“, fragte Laura Sternenschweif. „Es ist doch nicht so, dass ihre Mutter nicht für sie da wäre. Auf jeden Fall hat sie kein Recht, mir zu sagen, wie ich mit meiner Mutter zu reden habe.“

Sternenschweif legte seinen Kopf an Lauras Bauch und schnaubte beruhigend. Laura starrte vor sich hin.

„Natürlich war es nicht in Ordnung, dass ich meine Mutter so angefahren habe“, räumte sie ein. „Aber ich war so wütend. Immer dreht sich alles nur um Hannah.“

Laura blieb noch eine Weile bei Sternenschweif, dann ging sie ins Haus zurück. Sie half ihrer Mutter das Abendessen vorzubereiten. Mrs Foster bemühte sich, die angespannte Atmosphäre durch einen munteren Plauderton aufzulockern. Sie erzählte, an was für einem Buch sie gerade schrieb und welche Ideen sie dafür hatte. Lauras Mutter war nämlich Kinderbuchautorin. Laura war dankbar, dass sie nicht viel zum Gespräch beitragen musste und ihre Mutter offensichtlich nicht mehr sauer war.

Nach dem Abendessen ging Laura früh in ihr Zimmer. Mrs Foster schaute mit Hannah noch irgendeinen Liebesfilm im Fernsehen an. Doch kurz darauf kam auch Hannah nach oben. Laura löschte schnell das Licht. Sie vergrub den Kopf in die Kissen und stellte sich schlafend.

„Laura, bist du noch wach?", fragte Hannah flüsternd. „Vielleicht können wir noch mal reden? Ich habe es vorhin nicht so gemeint."

Doch Laura reagierte nicht. Hannah seufzte und schlüpfte ins Bett.

Am nächsten Morgen stand Laura ganz früh auf. Sie schlich sich ins Bad und hoffte, dass Hannah nicht aufwachte. Sie hatte keine Lust, mit ihr zu reden. Sollte sie doch den ganzen Tag mit ihrer Mutter verbringen. Laura wollte stattdessen lieber Grace und ihr Pony Nachtwind besuchen. Nachtwind war nämlich auch ein Einhorn. Das hatte Laura gemeinsam mit Sternenschweif herausgefunden, als Nachtwind noch ein Fohlen war. Sternenschweif hatte Nachtwind auch bei seinen ersten Flugversuchen geholfen.

Laura machte sich in der Küche rasch ein Brot zurecht, trank ein Glas Orangensaft und ging dann zu Sternenschweif.

„Was hältst du davon, wenn wir heute Grace und Nachtwind besuchen?“, fragte sie ihn zur Begrüßung. Sternenschweif schnaubte und stupste mit der Nase gegen die Futterkiste.

„Ja, natürlich bekommst du zuerst etwas zu fressen“, erklärte Laura mit einem Grinsen. Solange Sternenschweif sich sein Frühstück schmecken ließ, erneuerte Laura sein Wasser und füllte das Heunetz auf. Dann mistete sie den Stall aus, während Sternenschweif auf der Koppel graste. Schließlich putzte und striegelte sie ihn, und dann ritten sie los. Im Haus war noch alles ruhig. So konnten sie die Farm unbemerkt verlassen.

Grace freute sich, Laura und Sternenschweif zu sehen.

„Das ist ja nett, dass ihr uns besuchen kommt“, begrüßte sie sie. „Bei der Ponyparty konnten wir gar nicht richtig miteinander reden. Es war einfach zu viel los.“

„Stimmt, aber es war wirklich ein toller Tag. Es hat allen Spaß gemacht.“

„Das glaube ich auch“, erwiderte Grace. Sie streichelte Sternenschweifs Hals. „Ich wollte mit Nachtwind heute ein bisschen an den Fluss. Wollt ihr nicht mitkommen?“

„Ja, gerne“, freute sich Laura. „Wenn du

willst, trägt Sternenschweif uns beide, und Nachtwind läuft nebenher." Nachtwind war noch zu jung, um ihn zu reiten.

„Einverstanden", antwortete Grace. „Ich packe noch schnell etwas für ein kleines Picknick ein."

Sie lief ins Haus und kam kurz darauf mit einem Rucksack zurück. Laura stieg auf, und Grace setzte sich hinter sie. Nachtwind führte sie am Führstrick neben sich. Sie nahmen den Feldweg, der zwischen hohen Maisfeldern zum Fluss hinunterführte.

„Was machen Nachtwinds Flugkünste?", erkundigte sich Laura.

„Er ist mittlerweile richtig gut", erklärte Grace voller Stolz. „Sooft ich kann schleiche ich mich nachts zu ihm, um ihn zu verwandeln. Manchmal reden wir dann einfach auch nur. Aber wenn es nicht zu spät ist, dann dreht Nachtwind gerne noch eine Runde. Ich freue mich schon so darauf, irgendwann mit ihm fliegen zu können."

„Das kann ich mir gut vorstellen", erwiderte Laura. „Für mich und Sternenschweif gibt es nichts Schöneres."

Als sie am Fluss angelangt waren, führten sie die Pferde ins Wasser. Sie standen

da und schienen das kühle Nass zu genießen. Ab und zu senkten sie den Kopf, um zu trinken. Dann banden die Mädchen sie am Ufer fest und legten sich ins Gras. Sie schauten in den blauen Himmel und unterhielten sich über alles Mögliche. Nach einiger Zeit warf Grace einen Blick auf die Uhr. „Ich glaube, ich muss wieder zurück. Ich habe meiner Mutter versprochen, ihr noch bei der Stallarbeit zu helfen. Im Sommer ist bei uns immer so viel los."

Die Mädchen ritten zum Reiterhof zurück. Mrs Wakefield trat gerade aus ihrem kleinen Büro, als sie auf den Hof ritten.

„Gut, dass du da bist, Grace. Auf uns wartet noch eine Menge Arbeit. Ich bin noch nicht sehr weit gekommen, weil gerade ein paar Interessenten da waren, die ihr Pferd vielleicht unterstellen wollen. Und übermorgen ist schon das Turnier im Nachbarort. Drei von unseren Pferden werden mitmachen. Da müssen wir noch einiges vorbereiten."

„Das klingt wirklich nach viel Arbeit", stellte Laura fest.

„Kann man so sagen", erwiderte Mrs Wakefield seufzend.

Laura kam ein Gedanke. „Wenn Sie möchten, dann komme ich morgen vorbei und helfe Ihnen."

„Hättest du denn Zeit?", fragte Mrs Wakefield überrascht. „Du hast doch gerade deine Cousine zu Besuch. Deine Mutter hat sie mir bei der Ponyparty kurz vorgestellt."

„Ach, das macht nichts", erwiderte Laura mit einer wegwerfenden Handbewegung. „Sie verbringt sehr gerne ihre Zeit mit meiner Mutter. Es wird den beiden gar nicht auffallen, wenn ich ein paar Stunden weg bin."

„Wenn du meinst", erwiderte Mrs Wakefield etwas zögernd. „Also wenn es wirklich kein Problem ist, dann würde ich mich natürlich sehr freuen. Ich bin momentan froh um jede helfende Hand."

„Gut, dann bin ich morgen früh da", erklärte Laura. Sie verabschiedete sich und machte sich auf den Heimweg.

Nachdem sie Sternenschweif versorgt hatte, ging Laura ins Haus. Hannah und Mrs Foster waren in der Küche und putzten Salat für das Abendessen. Lauras Mutter warf ihr einen fragenden Blick zu.

„Hallo", murmelte Laura. „Ich habe Grace

und Nachtwind besucht.“ Noch bevor ihre Mutter etwas erwidern konnte, drehte Laura sich um und fing an, den Tisch zu decken. Sie war froh, dass ihre Mutter keine weiteren Fragen stellte.

Nach dem Abendessen ging Laura direkt in ihr Zimmer. Hannah half ihrer Mutter, den Wickeltisch für das Baby einzuräumen. Als sie schließlich ins Zimmer kam, stellte sich Laura wie am Abend vorher schlafend. Diesmal fragte Hannah zum Glück nicht, ob sie reden könnten. Sie schlüpfte in ihr Bett und löschte das Licht. Laura freute sich, bald wieder allein in ihrem Zimmer zu schlafen. Sobald Hannah weg war, hätte sie auch wieder den Kopf frei, um ihren Aufgaben als Hüterin nachzukommen. Schließlich war es eine Ehre, von den Ältesten als

Hüterin auserwählt zu werden, um anderen Einhörnern und ihren Freunden zu helfen. Und nun hatte Laura schon seit Wochen ihre Pflichten vernachlässigt. Und solange Hannah da war, war es viel zu gefährlich, sich nachts zu Sternenschweif zu schleichen. Laura hatte ein schlechtes Gewissen. Mit dem festen Vorsatz, gleich nach Hannahs Abreise ihre Aufgaben wieder in Angriff zu nehmen, schlief sie schließlich ein.

6

Am nächsten Morgen war Laura erneut früh wach. Sie schlich sich ins Bad, zog sich leise an und verließ das Zimmer. Als sie nach unten ging, hörte sie ihre Mutter in der Küche mit dem Geschirr klappern.

„Du bist ja früh munter, Laura", begrüßte sie sie.

„Du aber auch", entgegnete Laura.

„Ich habe nicht sehr gut geschlafen", erklärte Mrs Foster. „Das Baby war sehr unruhig und hat mich dauernd getreten."

„Es ist aber alles in Ordnung?“, erkundigte sich Laura besorgt.

„Ja, ja“, erwiderte Mrs Foster, „mach dir keine Gedanken.“

Laura nahm ein Stück Brot und das Marmeladenglas. Ihre Mutter setzte sich mit einer Tasse Tee zu ihr.

„Ich hoffe, dass du wenigstens heute ein bisschen Zeit mit Hannah verbringst“, sagte sie. „Du hast sie die letzten Tage ziemlich vernachlässigt, finde ich.“

„Ich hatte nicht den Eindruck, als ob ihr langweilig wäre“, erwiderte Laura und spülte den letzten Bissen ihres Marmeladenbrots mit einem Schluck Orangensaft hinunter. „Ich habe Mrs Wakefield versprochen, ihr ein wenig bei der Stallarbeit zu helfen. Sie hat momentan so viel zu tun.“

Laura stand auf und schnappte sich noch einen Apfel. „Bis später dann." Bevor ihre Mutter noch etwas erwidern konnte, war sie schon zur Tür draußen.

Lauras Tag verging wie im Flug. Sie mistete Ställe aus, legte Bandagen zum Trocknen in die Sonne, flocht Mähnen ein und fegte den Pferdetransporter aus. Sie verschwendete die ganze Zeit nicht einen Gedanken an Hannah und ihre Mutter. Sternenschweif genoss es in der Zwischenzeit, Nachtwind auf der Koppel Gesellschaft zu leisten. Sie grasten friedlich nebeneinander oder steckten die Köpfe zusammen. Ab und zu jagte Nachtwind mit wilden Sprüngen über die Wiese. Am späten Nachmittag fühlte sich Laura erschöpft, aber zufrieden.

„Du hast uns heute großartig unterstützt", bedankte sich Mrs Wakefield zum Schluss. „Ohne dich wären wir jetzt noch lange nicht fertig."

„Keine Ursache", erwiderte Laura strahlend. „Wenn Sie möchten, komme ich gerne morgen wieder."

„Wird dir das denn nicht zu viel?", fragte Mrs Wakefield zweifelnd. „Es sind doch Ferien. Und deine Cousine ist auch noch da."

„Ach, darum müssen Sie sich keine Gedanken machen", sagte Laura mit einer wegwerfenden Handbewegung. „Das ist schon in Ordnung."

„Soll ich nicht vielleicht besser deine Mutter anrufen?", schlug Mrs Wakefield vor.

„Nicht nötig, sie weiß ja, wo ich stecke,

und hat nichts dagegen", erklärte Laura und saß auf. „Also dann bis morgen früh." Ohne eine Antwort abzuwarten, ritt Laura mit Sternenshweif davon.

Als sie zu Hause ankam, jätete ihre Mutter gerade Unkraut im Garten. Sie wirkte verärgert.

„Hallo", sagte Laura und ging zur Haustür.

„Wir müssen miteinander reden", erwiderte ihre Mutter ernst und folgte ihr ins Haus.

Laura sagte nichts und goss sich ein Glas Wasser ein.

„Ich bin sehr enttäuscht, dass du heute wieder den ganzen Tag nichts mit Hannah unternommen hast. Sie hatte sich wirklich darauf gefreut, mit dir zusammen auszureiten oder mal ein Picknick am Fluss zu machen."

Laura erwiderte nichts und starrte nur aus dem Fenster.

„Warum sagst du denn gar nichts?", fragte Mrs Foster ungehalten. „Ich verstehe dich wirklich nicht, Laura. Ich bitte dich doch nur, ein bisschen Zeit mit Hannah zu verbringen. Das ist nun wirklich nicht zu viel verlangt! Vor allem, wo morgen ihr letzter Tag bei uns ist. Ihre Eltern holen sie am Abend ab." Mrs Foster stand auf. „Also, wirst du morgen etwas mit Hannah unternehmen?"

„Mal sehen", erwiderte Laura ausweichend und verließ die Küche. Ihre Mutter blickte ihr kopfschüttelnd hinterher.

Am nächsten Morgen saß Mrs Foster über einer Tasse Tee, als Laura in die Küche kam. Hannah war noch nicht wach.

„Guten Morgen“, murmelte Laura und nahm sich eine Scheibe Toast.

„Guten Morgen“, erwiderte ihre Mutter. „Dafür, dass Ferien sind, bist du ja immer sehr früh wach.“

„Ich werde heute noch einmal Mrs Wakefield im Stall helfen. Ich habe es ihr gestern versprochen.“ Sie schmierte sich Marmelade auf den Toast und klappte ihn zusammen.

„Ich nehme an, es hat keinen Sinn, dich noch einmal darum zu bitten, diesen letzten Tag mit Hannah zu verbringen?“, fragte Mrs Foster resigniert. „Du hattest gestern gesagt, du wolltest es dir überlegen.“

„Hannah verbringt ihre Zeit doch sowieso am liebsten mit dir", erwiderte Laura patzig. „Sie wird mich sicher nicht vermissen."

Mrs Foster schwieg und starrte in ihre Teetasse. „In Ordnung", sagte sie schließlich. Sie schien zu merken, dass es keinen Sinn hatte, Laura umstimmen zu wollen. „Dann bitte ich dich aber, um 18 Uhr da zu sein, um dich wenigstens von Hannah zu verabschieden."

Plötzlich klingelte das Telefon. Mrs Foster lief schnell zum Apparat und hob ab. Enttäuscht legte sie wieder auf.

„Wieder nichts!", sagte sie ärgerlich. „Gestern hat es dauernd kurz geklingelt, aber jedes Mal, wenn ich abgehoben habe, war die Leitung tot. Dann kam noch ein

Techniker vorbei und hat irgendwas an der Telefonbuchse gemacht. Doch auch das hat nichts geholfen. Ich möchte wirklich wissen, wann die Telefongesellschaft das Problem endlich in den Griff bekommt. Es ist doch kein Zustand, dass man nicht erreichbar ist. Wenn wir jetzt einen Notfall hätten, könnten wir nicht einmal Hilfe holen."

Sie nahm sich ein Brett und einen Apfel. Mit energischen Bewegungen fing sie an, ihn in kleine Stücke zu schneiden. Laura merkte, dass sie aufgebracht war. Sie nutzte den Moment, um unbemerkt aus der Küche zu schlüpfen.

Der Tag auf dem Reiterhof verging wie im Flug. Mel und Jessica waren auch noch vorbeigekommen. Grace hatte ihnen erzählt, dass Laura zum Aushelfen kam, und da wollten sie natürlich auch mit anpacken. Die Mädchen misteten gemeinsam die Ställe aus und halfen den Kindern des Ferienreitkurses, die Pferde zu putzen und zu satteln. Als sie sich schließlich um die Mittagszeit in den Hof setzten, um die Trensen zu waschen, war es bereits drückend heiß.

„Puh, im Stall scheint es irgendwie kühler zu sein als hier draußen", stöhnte Jessica.

„Du willst doch nicht etwa sagen, dass du ins Schwitzen gekommen bist?", fragte Mel mit einem Grinsen.

„Kleine Abkühlung gefällig?", meinte Laura und warf einen Schwamm nach Jessica. Er traf sie an der Schulter.

„Na warte", erwiderte Jessica und schleuderte den Schwamm zurück. Laura

drehte sich weg, doch der Schwamm erwischte sie am Kopf. Lachend wischte sie sich eine nasse Haarsträhne aus der Stirn. „Wahrscheinlich sind wir am Ende noch sauberer als die Trensen."

Die Mädchen hatten einen schönen Tag und genossen die Zeit miteinander. Laura war froh, dass sie abgelenkt war und nicht an Hannah dachte. Als sie schließlich einmal auf die Uhr sah, war es bereits halb sechs. Noch wäre Zeit gewesen, um schnell heimzureiten. Doch Laura verspürte nicht den geringsten Wunsch, sich von Hannah zu verabschieden. Tief im Innern wusste Laura, dass sie sich töricht verhielt, aber sie konnte einfach nicht anders.

Da kam Mrs Wakefield und lud die Mädchen auf ein Glas Limonade ein. Sie setzten sich alle an den großen Holztisch, der vor dem Haus stand.

„Vielen Dank für eure Hilfe heute", wandte sich Mrs Wakefield an die Mädchen. „Das war wirklich eine tolle Unterstützung."

Sie saßen noch eine Weile zusammen,

und Mrs Wakefield erzählte ihnen von dem Turnier im Nachbarort. Gegen halb sieben machten sich die Mädchen schließlich auf den Heimweg. Unterwegs trennten sie sich, und Laura ritt den Rest des Wegs allein weiter.

„Sollen wir nicht einen kleinen Abstecher zur geheimen Lichtung machen?“, schlug Laura vor. „Ich habe gar keine Lust heimzugehen. Da erwartet mich sowieso nur die Standpauke meiner Mutter.“

Sternenschweif schnaubte, und sie schlugen den Weg Richtung Wald ein. Als sie auf der geheimen Lichtung angekommen waren, sprach Laura den Verwandlungszauber. Kurz darauf stand Sternenschweif als Einhorn vor ihr.

„Immer wieder denke ich, wie wunder-

schön es hier ist“, bemerkte Laura mit einem Blick auf die vielen Mondblumen. Die Vögel zwitscherten, und unzählige Schmetterlinge flatterten durch die Luft.

„Das ist unser Ort“, sagte Sternenschweif zufrieden. „Es ist so gut zu wissen, dass niemand außer uns hierherkommt. Himmlisch, wie friedlich es ist."

„Zu Hause ist es sicher weniger friedlich", bemerkte Laura seufzend. „Meine Mutter wird ganz schön sauer sein."

„Na ja, du hättest auch wirklich wenigstens zur Verabschiedung da sein können", meinte Sternenschweif. „Du hast dich ja sonst die ganze Zeit schon nicht um Hannah gekümmert."

„Jetzt fang du nicht auch noch an", wehrte Laura sofort ab. „Hannah wollte doch am liebsten jede Minute mit meiner Mutter verbringen. Ständig haben sie irgendwelche Sachen zusammen gemacht oder miteinander getuschelt."

„Nachdem du nie Zeit für Hannah hattest, blieb ihr ja auch gar nichts anderes übrig, als die Tage mit deiner Mutter zu verbringen", stellte Sternenschweif fest.

Laura schwieg und starrte auf die Lichtung. Vielleicht hatte Sternenschweif recht. Aber am Anfang hatte sie sich ja wirklich bemüht, und da hatte Hannah kein großes Interesse an ihr gezeigt. Außerdem ließ sie sich von Hannah nicht sagen, wie sie mit ihrer Mutter umzugehen hatte.

Eine Weile schwiegen beide. Dann stupste Sternenschweif Laura vorsichtig in die Seite. „Komm, es ist schon spät, wir sollten zurückreiten. Deine Mutter macht sich sonst Sorgen."

„Ja, du hast recht", erwiderte Laura seufzend. „Ich kann mich nur immer so schwer von hier losreißen."

„Ach, da hätte ich vielleicht eine Idee,

um dir das zu erleichtern", meinte Sternenschweif vielsagend. „Hannah ist doch weg. Das bedeutet, dass wir endlich wieder miteinander fliegen können. Was hältst du von einer kleinen Runde Baumwipfelspringen heute Nacht?"

Laura strahlte. „Von mir aus gerne auch eine größere!", rief sie.

7

Gleich nach ihrer Rückkehr versorgte Laura Sternenschweif. Während sie die Box säuberte, fraß er sein Futter.

„Also, bis später dann", verabschiedete sie sich schließlich. „Ich komme wieder, sobald alle schlafen." Sternenschweif schaute kurz auf und wieherte leise.

Laura ging langsam zum Haus zurück. In der Küche war es schon dunkel, im Wohnzimmer brannte jedoch Licht. Vorsichtig spähte sie durch ein Fenster. Da fuhr ihr der Schreck durch alle Glieder. „Mama!“, schrie sie und stürzte nach drinnen.

Ihre Mutter lag auf dem Boden, das Telefon lag neben ihr. Sie hatte sich im Telefonkabel verheddert und versuchte mit hektischen Bewegungen sich zu befreien.

„Mama, was ist passiert?“, schrie Laura.

„Laura!“, rief ihre Mutter. „Ein Glück, dass du da bist! Ich bin ganz alleine. Max übernachtet bei Leo und Steven. Die Wehen haben begonnen, und ich wollte Hilfe holen. Aber dieses verflixte Telefon funktioniert natürlich immer noch nicht. Und dann habe ich mich auch noch im Kabel verheddert und bin hingefallen. Es ist nicht schlimm, aber ich glaube, ich brauche einen Krankenwagen. Das Baby sollte doch noch gar nicht kommen.“

Die hektischen Worte und aufgerissenen Augen ihrer Mutter zeigten Laura, wie aufgewühlt sie war. Fieberhaft dachte Laura nach. Was sollte sie tun? Autofahren konnte sie nicht. Sie könnte versuchen, mit dem Fahrrad bis ins Dorf zu kommen, aber das würde ewig dauern. Sternenschweif! Das war die einzige Möglichkeit! Sie würde mit Sternenschweif zum Krankenhaus fliegen. Auch wenn sie dabei riskierten, entdeckt zu werden. Aber das war der schnellste Weg, um Hilfe zu holen, und schließlich handelte es sich um einen Notfall.

Laura nahm das Telefon und befreite ihre Mutter vom Kabel. „Komm, ich helfe dir auf. Dann legst du dich aufs Sofa. Und ich gehe los und hole Hilfe." Mühsam richtete sich ihre Mutter auf. „Nein, Laura", presste sie zwischen den Zähnen hervor. „Ich will nicht, dass du in der Nacht draußen herumläufst. Morgen früh kommt dein Vater heim. Es wird schon nicht sofort losgehen. Vielleicht kann ich ja einfach auch noch so lange warten."

„Auf keinen Fall werden wir hier herumsitzen und warten", widersprach Laura entschieden. „Du hast selbst gesagt, du musst ins Krankenhaus. Mach dir keine Sorgen, mir wird nichts passieren."

Noch bevor ihre Mutter etwas erwidern konnte, war Laura aus dem Haus gestürmt. Sie raste zu Sternenschweif. Er stand auf der Koppel und blickte ihr erstaunt entgegen.

„Sternenschweif, meine Mutter braucht Hilfe", rief Laura ihm schon von Weitem zu. „Die Wehen haben begonnen, und das Te-

lefon funktioniert nicht. Wir müssen zum Krankenhaus fliegen." Rasch sprach Laura den Verwandlungszauber. Kaum war Sternenschweif ein Einhorn, fragte er besorgt: „Was ist passiert?"

„Meine Mutter wollte telefonieren und hat sich dabei im Kabel verheddert. Sie ist gestürzt, aber angeblich nicht schlimm. Die Wehen haben begonnen, allerdings viel zu früh. Ich habe ihr geholfen, sich aufs Sofa zu legen. Sie muss ins Krankenhaus, meint jedoch, wir könnten warten, bis mein Vater morgen heimkommt."

„Auf keinen Fall", widersprach Sternenschweif sofort. „Wir müssen so schnell wie möglich Hilfe holen. Los, sitz auf."

Laura saß auf, und Sternenschweif schwang sich mit ein paar kräftigen Galoppsprüngen in die Luft. Laura warf noch einmal einen Blick auf das Haus und hielt vor Schreck die Luft an. Da stand ihre Mutter am Wohnzimmerfenster! Sie starrte sie aus großen Augen an.

„Sternenschweif", flüsterte Laura aufgeregt. „Meine Mutter steht am Fenster. Sie hat dich als Einhorn gesehen!"

Sternenschweif warf einen Blick nach unten. „Das können

wir nun nicht mehr ändern. Das Wichtigste ist jetzt, dass wir Hilfe holen. Über alles andere machen wir uns später Gedanken."

„Aber niemand außer den Einhornfreunden darf ein Einhorn in seiner wahren Gestalt sehen", widersprach Laura voller Sorge. „Vielleicht sollten wir umkehren und meiner Mutter den Trank des Vergessens geben?"

„Wie stellst du dir das denn vor?", fragte Sternenschweif entrüstet. „Wir müssten zuerst wegen der Mondblumen zur geheimen Lichtung fliegen. Dann müssten wir den Trank zubereiten, und anschließend müssten wir deine Mutter überzeugen, ihn zu trinken. Das kostet alles doch viel zu viel Zeit."

„Ja, natürlich", rief Laura verzweifelt.

„Aber was machen wir, wenn die Ältesten beschließen, dass du bei mir nicht mehr sicher bist, und dich nach Arkadia zurückholen?"

„So weit wird es nicht kommen", beruhigte Sternenschweif sie. „Ich bin sicher, wir finden eine Lösung."

Laura war so aufgewühlt, dass sie kaum einen klaren Gedanken fassen konnte. Sie spürte nichts als Angst in sich. Angst um ihre Mutter und Angst darüber, wie es für sie und Sternenschweif weitergehen würde. Sternenschweif schien zu spüren, wie sie sich fühlte.

„Leg deine Hand auf mein Horn, Laura", bat er. „Dann wirst du dich besser fühlen." Kaum hatte Laura sein Horn berührt, spürte sie, wie eine Welle der Wärme sie durchströmte. Während ihr Körper sich gerade eben noch schwach und zitterig angefühlt hatte, breitete sich jetzt neue Kraft in ihm aus. Laura fühlte sich stärker und zuversichtlicher. Sternenschweif hatte recht, es würde sich bestimmt eine Lösung finden. Sie lehnte sich nach vorne und hielt sich an Sternenschweifs Mähne fest. Mit mächtigen Sprüngen schoss das Einhorn durch die Nacht.

8

Sternenschweif hielt sich solange es ging dicht über den Bäumen, um nicht entdeckt zu werden. Sie mussten kurz über ein paar Häuser fliegen, aber zum Glück schaute niemand nach oben. Schließlich näherten sie sich dem kleinen Wäldchen, das an das Krankenhaus angrenzte.

„Ich werde im Schutz der Bäume landen“, erklärte Sternenschweif. „Du kannst dann reingehen und Hilfe holen. Egal, was passiert, ich werde hier auf dich warten, bis du wiederkommst. Aber vorher musst du mich zurückverwandeln."

„Natürlich, das mache ich", erwiderte Laura. Kaum war Sternenschweif gelandet, sprach sie die magischen Verse, und Sternenschweif verwandelte sich in ein Pony. Sie umarmte ihn kurz und lief dann zum Krankenhaus. Der Mann an der Pforte blickte sie erstaunt an.

„Meine Mutter hat Wehen, das Baby sollte aber erst in ein paar Wochen kommen. Und unser Telefon ist kaputt", sprudelte Laura heraus. „Können Sie einen Krankenwagen zu uns nach Hause schicken?"

„Selbstverständlich", erwiderte der Mann und nahm den Hörer in die Hand. „Sag mir deine Adresse, und es wird sofort ein Wagen losfahren."

Nachdem der Pförtner die Adresse durchgegeben hatte, fragte er Laura: „Wie bist du überhaupt hierhergekommen?“

„Auf meinem Pony. Es wartet da drüben bei den Bäumen auf mich.“

Der Pförtner musste schmunzeln. „Das habe ich bis jetzt auch noch nicht erlebt“, meinte er. „Das war wirklich mutig. Jetzt musst du dir keine Sorgen mehr machen, der Wagen wird in ein paar Minuten bei deiner Mutter sein. Ich rufe die Entbindungsstation an. Da wird sich jemand um dich kümmern, während du wartest. Weiß dein Vater schon Bescheid?“

„Nein, unser Telefon geht doch nicht“, erwiderte Laura. „Auch das Handy meiner Mutter funktioniert nicht. Es gibt irgendeinen größeren Leitungsschaden.“

„Dann rufen wir jetzt als Erstes deinen Vater an“, beschloss der Pförtner. „Gibt es sonst noch jemand, den wir verständigen müssen?“

„Vielleicht meinen Bruder Max“, überlegte Laura. „Er übernachtet heute aber bei Freunden.“

„Das kann ja dann dein Vater entscheiden, ob er ihn anrufen möchte“, meinte der Pförtner. „Jetzt sag mir mal seine Nummer.“

Lauras Vater nahm sofort ab. Der Pförtner erklärte ihm kurz die Lage, dann reichte er den Hörer an Laura weiter.

„Laura, wie geht es dir?“, fragte Mr Foster besorgt.

„Mir geht es gut“, antwortete Laura. „Ich hoffe nur, dass es Mama auch gut geht. Der Krankenwagen holt sie gerade ab.“

„Ich setze mich gleich ins Auto und fahre zu euch“, versprach ihr Vater. Seine Stimme klang ziemlich aufgeregt. „Ich werde aber mindestens drei Stunden brauchen, bis ich da bin. Schaffst du das so lange, oder soll ich jemand anrufen, damit du nicht alleine bist? Max möchte ich lieber erst morgen früh Bescheid sagen.“

„Das schaffe ich schon“, meinte Laura mit fester Stimme. Sie verabschiedeten sich, und der Pförtner rief die Entbindungsstation an. Kurz darauf kam eine sehr nette Krankenschwester und nahm Laura mit sich. Sie führte sie in den Wartebereich, bot ihr etwas zu trinken an und setzte sich neben sie. Laura erzählte ihr, wie sie ihre Mutter gefunden hatte.

„Ich kann mir gut vorstellen, dass dir da

der Schreck in alle Glieder gefahren ist", meinte die Krankenschwester verständnisvoll. „Aber ich versichere dir, bei uns ist sie in den besten Händen. Es wird bestimmt alles gut werden."

In diesem Moment summte der automatische Türöffner, und eine Liege wurde hereingeschoben. Unter einer weißen Decke erkannte Laura das Gesicht ihrer Mutter.

„Mama!“, rief sie und lief zu ihr.

„Laura!“, erwiderte ihre Mutter und drückte ihr fest die Hand. „Ich bin so stolz auf dich! Und froh, dass dir nichts passiert ist.“

„Papa haben wir schon Bescheid gesagt“, sprudelte Laura hervor. „Er wird in ein paar Stunden hier sein.“ Dankbar lächelte ihre Mutter sie an. Da sagte einer der Sanitäter:

„Wir müssen deine Mutter jetzt so schnell wie möglich in den Kreißsaal bringen.“

„Machen Sie sich keine Sorgen“, wandte sich die Krankenschwester an Mrs Foster. „Wir kümmern uns um Ihre Tochter.“

„Vielen Dank“, erwiderte Lauras Mutter und drückte Lauras Hand noch einmal ganz fest. Laura gab ihr einen Kuss auf die Stirn, und schon wurde die Liege weitergeschoben. Laura blickte ihr sorgenvoll hinterher.

„Komm doch einfach mit und leiste uns im Stationszimmer ein bisschen Gesellschaft“, meinte die nette Krankenschwester, die Lauras Blick bemerkt hatte. Laura folgte ihr dankbar. Sie sah den Schwestern bei der Arbeit zu und unterhielt sich mit ihnen. Ständig wanderte ihr Blick dabei zu der großen Uhr, die über der Tür hing. Die Zeit schien endlos langsam zu verstreichen. Laura hatte keine Ahnung, wie lange so eine Geburt dauerte. Als sie dachte, dass sie die Warterei nun nicht mehr länger aushielt, kam ein Arzt ins Stationszimmer.

„Bist du Laura Foster?“, wollte er wissen.

Laura konnte nur nicken. Ihr Hals war wie zugeschnürt.

„Dann gratuliere ich dir zu einer gesunden kleinen Schwester. Wir haben sie vor einer halben Stunde mit einem Kaiserschnitt auf die Welt gebracht."

Laura schaute ihn mit großen Augen an. Was bedeutete das? War ein Kaiserschnitt etwas Schlimmes? Dem Arzt war ihr Blick nicht entgangen.

„Keine Sorge, deiner Mutter geht es sehr gut. Wir haben das Kind über einen Schnitt am Bauch herausgeholt, weil es festgesteckt ist. Das kann manchmal vorkommen. Es ist aber alles gut verlaufen. Die Schwestern werden deine Mutter jetzt abholen und in ihr Zimmer bringen. Dann kannst du dein Geschwisterchen begrüßen."

Kurze Zeit später trat Laura auf Zehenspitzen in das Zimmer ihrer Mutter. Sie lächelte und winkte ihr, näher zu kommen. Neben ihrem Bett stand ein kleines Kinderbett, das von Glasscheiben umrandet war. Vorsichtig spähte Laura hinein. Das Erste, was sie sah, waren lauter dunkle Haare. Sie umrahmten ein kleines Gesichtchen mit strahlend blauen Augen, die Laura wie von ferne anschauten. Der Rest des Körpers war ganz eng in ein Tuch eingewickelt. Er kam Laura winzig klein vor. Sie musste einen dicken Kloß in ihrem Hals herunterschlucken.

„Oh Mama, sie sieht so süß aus!", flüsterte Laura ergriffen. Vorsichtig legte sie die Hand auf das kleine Köpfchen. Dann umarmte sie ihre Mutter und drückte sie ganz fest an sich.

9

„Ich bin so froh, dass alles gut gegangen ist", sagte Laura erleichtert. „Ich habe mich wahnsinnig erschrocken, als ich dich auf dem Boden liegen sah."

„Das glaube ich", erwiderte Mrs Foster. „Aber alles ist ja gut gegangen. Und obwohl sie sich so früh auf den Weg gemacht hat, geht es deiner kleinen Schwester sehr gut. Das ist ein großes Glück."

„Das stimmt", bestätigte Laura. „Wie fühlst du dich denn?"

„Mir ist noch ein bisschen schwindelig, aber das ist völlig normal. Zumindest habe ich jetzt das Gefühl, wieder ganz bei mir zu sein."

„Wie meinst du das?", fragte Laura.

„Ich weiß gar nicht, wie ich es beschreiben soll. Es war wie eine Erscheinung. Wenn ich nicht wüsste, dass ich nicht geschlafen habe, dann würde ich sagen, ich habe geträumt."

„Was soll das heißen, du hattest eine Erscheinung?", wollte Laura wissen. Ein unbehagliches Gefühl beschlich sie.

„Nachdem du gegangen warst, war ich so beunruhigt. Ich wollte dich zurückholen und bin zum Fenster gegangen. Und da habe ich dich doch tatsächlich auf einem Einhorn durch die Luft fliegen sehen."

Laura stockte der Atem. Jetzt war es so weit. Was sollte sie nur sagen? Fieberhaft suchte sie nach einer Erklärung. „Wirklich?", brachte sie schließlich mühsam hervor.

Mrs Foster lachte. „Ist das nicht unglaublich? Du auf einem Einhorn? Ich glaube, ich war wirklich nicht ganz bei mir. Wahrscheinlich waren die Wehen daran schuld, dass ich angefangen habe zu halluzinieren, also Dinge zu sehen, die es gar nicht gibt."

„Ja, wahrscheinlich", beeilte sich Laura zu sagen. Sie war unheimlich erleichtert, dass ihre Mutter das, was sie gesehen hatte, nicht für wahr hielt. Damit musste sich Laura keine Sorgen mehr um Sternenschweifs Geheimnis machen.

„Und dass in diesem Moment, wo ich

ganz alleine im Haus war, nicht einmal das Telefon funktioniert hat, hat meine Phantasie wahrscheinlich noch zusätzlich beflügelt", fügte Mrs Foster hinzu.

„Ich kann dir gar nicht sagen, wie leid es mir tut, dass ich nicht bei dir war, als das passiert ist", meinte Laura geknickt. „Ich mache mir solche Vorwürfe. Papa hat mich extra noch darum gebeten, mich gut um dich zu kümmern, und dann komme ich so spät heim."

„Ich nehme an, du wolltest auf jeden Fall vermeiden, dich von Hannah verabschieden zu müssen", stellte Mrs Foster fest.

„Ja, das stimmt", gab Laura beschämt zu. „Ich weiß, dass ich mich richtig dumm verhalten habe. Aber ich war einfach so eifersüchtig auf Hannah. Ich hatte das Gefühl, sie wollte nur Zeit mit dir verbringen, und ich war völlig abgeschrieben. Ihr habt immer miteinander getuschelt, und ich habe mich richtig ausgeschlossen gefühlt."

„Wir wollten dich ganz sicher nicht ausschließen", erklärte Mrs Foster. „Hannah hat es gerade nicht leicht." Sie schaute Laura fest in die Augen. „Ihre Eltern wollen sich scheiden lassen."

Laura sah ihre Mutter ungläubig an. „Was hast du gesagt? Ist das wirklich wahr?", fragte sie.

„Ja, leider", erwiderte Mrs Foster. „Sie stecken schon seit einiger Zeit in einer Krise. Sie haben sich wirklich bemüht, aber es geht einfach nicht mehr. Deswegen haben sie sich entschlossen, sich zu trennen."

„Die arme Hannah!", rief Laura voller

Mitleid. Hannah hatte es so schwer, und dann wurde sie von ihr auch noch so schlecht behandelt. Laura fühlte sich hundeelend.

„Hannah meistert die Situation bislang bewundernswert", meinte Mrs Foster. „Sie will jedoch nicht, dass alle darüber Bescheid wissen und sie darauf ansprechen. Dazu ist für sie alles noch zu frisch. Sie konnte auch mit dir nicht darüber reden."

Laura nickte mühsam. Das würde ihr wahrscheinlich ähnlich gehen.

„Aber mit mir hat sie darüber gesprochen", erklärte Mrs Foster. „Ich wusste schon seit Längerem Bescheid. Und Hannah hat es einfach gutgetan, einiges bei mir loszuwerden. Ihre Eltern sind oft sehr mit sich selbst beschäftigt, so dass für Hannah nicht mehr viel übrig bleibt. Sie fand es schön, dass ich Zeit hatte für sie, ihr zugehört und sie ab und zu in den Arm genommen habe."

„Aber natürlich", sagte Laura niedergeschlagen. Eine Weile schwiegen sie, dann straffte sich Laura.

„Gleich morgen werde ich Hannah anrufen und mich entschuldigen", sagte sie entschlossen. „Hoffentlich verzeiht sie mir. Ich habe mich wirklich unglaublich dumm benommen."

„Ach, Laura, sei nicht zu hart mit dir", erwiderte ihre Mutter sanft. „Du warst eben eifersüchtig und konntest nicht aus deiner Haut. Wenn du Hannah das so erklärst, dann wird sie dich bestimmt verstehen."

„Meinst du?“, fragte Laura unsicher.

„Natürlich“, entgegnete ihre Mutter. „Sie kennt dich doch und weiß, dass du sonst nicht so bist.“ Sie nahm Lauras Hand. „Hannah gegenüber hast du dich vielleicht dumm verhalten. Aber mir gegenüber hast du unheimlich viel Mut bewiesen. Du hast Ruhe bewahrt und mitten in der Nacht Hilfe geholt. Ohne dich würde ich jetzt immer noch im Wohnzimmer liegen. Und wer weiß, was das für deine kleine Schwester bedeutet hätte.“ Sie warf einen Blick in das Kinderbettchen.

„Ich bin wirklich stolz auf dich, Laura“, sagte Mrs Foster und drückte ganz fest ihre Hand. Laura spürte einen dicken Kloß in ihrem Hals. „Ich hab dich lieb!“, flüsterte sie.

10

Ein paar Stunden später war Mr Foster da. Doch Laura schlief tief und fest im Bett ihrer Mutter. Sie war plötzlich so erschöpft gewesen, dass ihr einfach die Augen zugefallen waren. Am nächsten Morgen blinzelte sie verwundert.

„Hallo, mein Schatz“, begrüßte sie ihr Vater. „Du musst wirklich müde gewesen sein. Du hast weder gehört, als ich gekommen bin, noch als deine Schwester heute Nacht geschrien hat.“

„Ja, ich glaube, ich war doch ziemlich müde“, bemerkte Laura mit einem Gähnen.

„Das war auch eine aufregende Nacht“, stellte Mrs Foster fest. Mit einem Mal fiel Laura Sternenschweif ein. Er stand immer noch draußen in dem kleinen Wäldchen. Sie sprang aus dem Bett.

„Ich muss sofort zu Sternenschweif“, sagte sie. „Er wartet schon die ganze Nacht auf mich.“

„Traust du dir zu, allein mit ihm nach Hause zu reiten?“, fragte ihr Vater.

„Aber natürlich“, entgegnete Laura. „Mit Sternenschweif kann mir doch nichts passieren.“

Ihr Vater fuhr voraus und machte Frühstück. Auf dem Heimweg erzählte Laura Sternenschweif alles haarklein. Zu Hause bekam er eine besonders große Portion Futter, die er sofort vertilgte. Als Laura ins Haus kam, duftete es bereits nach frischen Brötchen. Max war auch schon da, und Laura erzählte noch einmal alle Ereignisse der letzten Nacht haarklein.

Ein paar Tage später durfte Mrs Foster das Krankenhaus verlassen. Lauras Vater fuhr am späten Vormittag los, um sie abzuholen. Laura und Max waren extra früh aufgestanden, um alles für ihren Empfang vorzubereiten. Sie hatten ein großes Willkommensschild gemalt, das sie nun an die Haustür hängten. An Sternenschweifs Koppelzaun und an den Sträuchern rund ums Haus befestigten sie viele bunte Luftballone. Am Morgen hatte Laura mit ihrem Vater einen Marmorkuchen gebacken, den sie jetzt noch mit Smarties verzierte. Buddy stupste sie dauernd mit der Nase an, um etwas abzubekommen.

„Warum gehst du nicht mit diesem kleinen Quälgeist raus und pflückst noch einen Blumenstrauß für Mama?“, schlug Laura ihrem Bruder vor. „Sonst bekomme ich den Kuchen hier nie fertig.“ Max nahm Buddy am Halsband. Enttäuscht schaute er Laura an. „Keine Sorge, Buddy“, beruhigte sie ihn. „Ich verspreche dir, ich werde zwei Smarties für dich aufheben.“

Buddy leckte sich über die Schnauze und flitzte mit Max nach draußen.

Schließlich waren sie mit allem fertig und gingen vors Haus, um auf ihre Eltern zu warten. Ihr Vater war nun schon eine ganze Weile weg. Warum dauerte das denn so lange? Da, endlich sahen sie das Auto kommen. Laut hupend bog es auf den Hof ein. Max und Laura liefen los, um ihre Mutter zu begrüßen. Mit einem großen Lächeln stieg sie aus und nahm sie beide in den Arm.

„Wie schön, wieder zu Hause zu sein!", sagte sie. „Und ihr habt ja alles so toll geschmückt. Die bunten Luftballone sehen großartig aus."

„Wir haben auch einen Kuchen für dich gebacken", platzte Laura heraus.

„Und einen großen Wiesenstrauß gepflückt", ergänzte Max.

„Ihr verwöhnt mich richtig", stellte Mrs Foster strahlend fest.

Lauras Vater hatte in der Zwischenzeit den Babysitz aus dem Auto geholt. „Jetzt wollt ihr sicher eurer kleinen Schwester das Haus zeigen", sagte er.

Stolz trug Laura den Sitz ins Haus, während Max und Buddy vor ihr hersprangen. Sie stellte ihn auf dem Küchentisch direkt neben dem Marmorkuchen ab.

„Willkommen daheim, Sophie", sagte Mr Foster und warf seiner kleinen Tochter einen liebevollen Blick zu.

Laura und Max bekamen große Augen. „Das ist also ihr Name?", fragte Laura. Ihre Eltern hatten sich nämlich noch nicht auf einen Namen einigen können und bislang ein großes Geheimnis darum gemacht.

„Ja, so soll sie heißen", erwiderte Mrs Foster.

„Sophie", murmelte Max vor sich hin. „Klingt gar nicht schlecht."

„Ja, ein schöner Name", bestätigte Laura.

„Puh, dann sind wir aber froh, dass er euch gefällt", erwiderte ihr Vater. „Ich hätte nicht noch einmal einen Namen suchen wollen."

„Ich weiß ja nicht, wie es euch geht", schaltete sich Mrs Foster ein. „Aber ich würde jetzt sehr gerne ein Stück Kuchen probieren. So etwas Leckeres habe ich die letzten Tage nämlich nicht zu essen bekommen."

Die ganze Familie setzte sich um den Küchentisch, und jeder aß zwei Stück Marmorkuchen. Buddy bekam wie versprochen seine zwei Smarties. Die kleine Sophie schlief währenddessen in ihrem Sitz und ließ sich durch das Lachen und den Lärm nicht im Geringsten stören. Da klingelte plötzlich das Telefon. Es wurde schlagartig ruhig.

„Ich wage ja kaum zu glauben, dass die Leitung wirklich repariert ist", bemerkte Mrs Foster. Lauras Vater ging zum Apparat und meldete sich. Und tatsächlich! Es war die Telefongesellschaft, die mitteilte, dass die Leitung nun wieder funktionierte.

„Gerade rechtzeitig, damit all die, die uns gratulieren wollen, uns auch erreichen", bemerkte Mrs Foster. „Aber jetzt gehe ich erst einmal nach oben und zeige Sophie ihr Zimmer. Wollt ihr mitkommen?", wandte sie sich an Laura und Max. Max nickte sofort. „Jetzt, wo das Telefon wieder geht, möchte ich gerne zuerst Hannah anrufen", erklärte Laura. Ihre Mutter nickte und ging mit Max nach oben.

„Ich muss noch einmal kurz weg", bemerkte Mr Foster und verließ das Haus. Laura ergriff den Hörer. Als Hannah sich meldete, bekam Laura Herzklopfen. „Hallo, ich bin's", brachte sie schließlich hervor.

„Hallo", erwiderte Hannah kühl.

„Hannah, ich will mich bei dir entschuldigen", stieß Laura hervor.

„Ach ja?", bemerkte Hannah schnippisch.

„Ich verstehe, dass du sauer bist. Ich wäre es an deiner Stelle auch", sagte Laura zerknirscht. „Aber ich konnte einfach nicht anders. Ich hatte mich so auf dich gefreut, und dann wolltest du nur mit meiner Mutter reden. Dauernd habt ihr getu-

schelt und mich überhaupt nicht beachtet."

„Das stimmt doch gar nicht", widersprach Hannah. „Ich habe ein paarmal versucht, mit dir zu reden, aber du wolltest ja nicht."

„Ja, das ist richtig", gab Laura zu. „Aber ich habe mich einfach ausgeschlossen gefühlt. Mein Kopf war wie vernagelt, und ich konnte mich gar nicht mehr normal verhalten. Das war alles schrecklich dumm von mir. Du musst mir glauben, dass es mir wirklich leidtut."

Es war kurz still in der Leitung. Laura wagte kaum zu atmen.

„Ja, das glaube ich dir", erklang Hannahs Stimme schließlich. „Ich kenne dich ja und weiß, dass du sonst nicht so bist. Aber gerade deswegen habe ich mich auch so gewundert. Du warst ein komplett anderer Mensch."

„Ich verspreche dir, wenn du das nächste Mal hier bist, dann wirst du keinen Grund haben, dich zu wundern", versicherte ihr Laura. „Kannst du nicht bald noch einmal kommen? Du musst doch auch deine neue Cousine kennenlernen."

„Ja, ist sie denn schon da? Das gibt es doch nicht!", rief Hannah aufgeregt. „Der Termin ist doch erst in ein paar Wochen."

„Ja, sie konnte es wohl nicht mehr erwarten", erwiderte Laura mit einem dicken Grinsen. „Sie hat ganz viele schwarze Haare und ist gerade heimgekommen."

„Sie ist bestimmt unheimlich süß!", erwiderte Hannah. „Wie schön, dass alles gut gegangen ist. Hoffentlich kann ich meine jüngste Cousine bald sehen. Ich werde meine Eltern fragen, ob wir das nicht irgendwie organisieren können."

„Oh ja, hoffentlich klappt es!", rief Laura.

„Ich melde mich, sobald ich etwas weiß", versprach Hannah. „Kann ich jetzt deine Mutter noch kurz sprechen? Ich will ihr doch gratulieren."

„Aber natürlich", erwiderte Laura. Sie verabschiedete sich und brachte das Telefon nach oben zu ihrer Mutter. Sophie war frisch gewickelt, und sie gingen alle nach unten ins Wohnzimmer. Max durfte seine kleine Schwester tragen, während Mrs Foster telefonierte. Als sie das Gespräch beendet hatte, warf sie einen Blick aus dem Fenster.

„Sehr gut, euer Vater kommt gerade zurück“, stellte sie fest. „Laura, ich muss dir etwas sagen“, fuhr sie fort. „Wir haben eine Überraschung für dich. Die Familie wird sich noch einmal vergrößern.“

Laura schaute sie mit großen Augen an. „Was heißt das?“, fragte sie unsicher. Sie konnten ja nicht noch einmal ein Geschwisterchen bekommen. Doch in diesem Moment erklang draußen ein Bellen. Die Tür öffnete sich, und Walter, Mrs Fontanas Terrier, stürmte herein. Lauras Vater folgte mit einem breiten Grinsen.

Laura kam aus dem Staunen nicht mehr heraus. „Walter, was machst du denn hier?“, rief sie.

„Catherine war vor ein paar Tagen hier“, erklärte ihre Mutter. „Nachdem sie den

Buchladen schließen musste, wird sie wegziehen. Ihre neue Wohnung ist ziemlich klein und nicht geeignet für einen Hund. Deswegen hat sie gefragt, ob wir Walter nicht zu uns nehmen möchten, weil du dich doch so gut mit ihm verstehst. Und da haben wir spontan Ja gesagt." Mrs Foster strahlte.

„Ich kann es nicht glauben", flüsterte Laura. Überwältigt kniete sie sich hin, um den kleinen Hund zu begrüßen. Er hüpfte die ganze Zeit wie ein Gummiball in die Luft und bellte. Als Laura sich zu ihm beugte, nutzte er die Gelegenheit und fuhr ihr mit seiner rosa Zunge über das ganze Gesicht.

„Danke, Walter, das war ein ziemlich feuchter Begrüßungskuss", sagte Laura lachend.

Dann umarmte sie ihren Vater und anschließend ihre Mutter. „Vielen, vielen Dank“, rief sie. „Ich kann es nicht fassen, dass ich nun einen Hund habe. Ich freue mich wahnsinnig!“

„Und wir freuen uns, eine Tochter wie dich zu haben“, antwortete ihre Mutter

und schaute ihr liebevoll in die Augen. „Ich weiß nicht, was ich ohne dich getan hätte." Sie drückte Laura fest an sich.

Laura hätte jubeln können vor Glück. Sie warf einen Blick aus dem Fenster. Dort stand Sternenschweif auf der Koppel und blickte zum Haus. Ohne ihn hätte sie das alles nicht geschafft. Er hatte sie zum Krankenhaus gebracht und ihr Mut eingeflößt. Er war ihr Einhorn – und der beste Freund auf der ganzen Welt!

Umschlaggestaltung von Atelier Reichert, Stuttgart,
unter Verwendung einer Illustration von Silvia Christoph.
Textillustrationen © Biz Hull

Sternenschweif – Sommerzauber, erzählt von Ina Brandt.
Based on characters created by Working Partners Ltd.

Weitere Bände in dieser Reihe siehe nächste Seite

Unser gesamtes lieferbares Programm und viele
weitere Informationen zu unseren Büchern,
Spielen, Experimentierkästen, DVDs, Autoren und
Aktivitäten finden Sie unter **www.kosmos.de**

Gedruckt auf chlorfrei gebleichtem Papier

ISBN 978-3-440-11589-3
Redaktion: Claudia Steinke
Layout: Ralf Paucke
Produktion: DOPPELPUNKT, Stuttgart
Printed in the Czech Republic/Imprimé en République tchèque